小學文言文解讀策略

初階篇

梁美玉　著

新雅文化事業有限公司
www.sunya.com.hk

讓文言文學習變得有趣、好玩

「一說起文言文就感到害怕……」為什麼害怕？因為看來太陌生、難懂，像外星人的語言。

要是有個翻譯文言文的隨身翻譯器，那該多好啊！

好，我們就一起發明一個「內置式文言翻譯器」吧！動手發明前，我們先想想，為什麼要學文言？

學習文言文是通往古代文化菁華的橋樑，這座橋樑引領我們欣賞古代作家的生花妙筆和真知灼見，如孟子的巧用譬喻、李白的奇思妙想、司馬遷的刻畫入微等。通過這座橋樑，可讓我們了解古代的社會風貌，包括風俗節慶、自然風光等，猶如一次次穿越古今的時空之旅，大大拓寬了我們的文化視野；古人的情操也薰陶了我們的品德，如《曾子殺豬》以身作則的教子方法、《二子學弈》專心致志的重要、《白雪紛紛》熱愛自然的雋永對談等。

了解到學習文言文的益處後，該如何入手呢？

《小學文言文解讀策略》這一套四冊的小書希望能為初接觸文言文的學生提供入門裝置——閱讀文言文的七個法寶，書中的三位主角帶着這七個法寶執行五十個解讀古文的任務，使大家掌握解讀文言文的基本方法。書中雖附有各篇古文的白話語譯，但希望大家先不要依賴譯文，嘗試跟隨三位主角的步伐，循序漸進地使用七個法寶，煉成一個「內置式文言翻譯器」。

　　這五十個任務來自香港教育局課程發展處選編、建議小學生閱讀的文言篇目，這些值得細味的文言作品在這套小書中按深淺程度和主題內容重新編排成不同章節，每個章節後設有小總結，從內容、文言知識和品德學習三方面鞏固所學。每一冊的最後設有「我的感想」，讓讀者記下完成古文任務後的感想和心得。閱讀是一個值得與人分享的活動，讀者可以和你們的同學、朋友、老師和家長說說古人的有趣故事、由任務引發出來的無窮想像和個人見解，並向他們介紹學習古文的心得。

　　好了，任務要開始了！衷心希望讀者們順利完成這五十個任務後，帶着「內置式文言翻譯器」繼續探索古文世界，使自己學問和思想都收穫豐碩。

梁美玉

授人以魚不如授人以漁

「古文等於沉悶」是普遍人的固有思維，梁美玉女士敢於接受挑戰，推廣古文，實在令我欽佩，她又是敝校的畢業生，這更令我引以為傲！

作為一位教育工作者，我深明推廣古代漢語的困難，實在是舉步維艱，深信此書能承先啟後，成為普及讀物，令學生越來越喜歡古文。

一本普及讀物必須具備以下三個條件：趣味性、知識性及實用性。

《小學文言文解讀策略》系列，作者以「趣味」入手，引起讀者學習的興趣。作者以故事的形式介紹古文，讀者和主角——文文、言言及古生物趣趣博士一起，利用書中的法寶（文言翻譯七式），完成一個個任務，趣味盎然。

《小學文言文解讀策略》系列亦極具知識性，作者所收錄的古文，跨越千古，由先秦諸子到明清古文，篇章內容包括作者介紹、文章譯文、文言常識及內容反思等。

學習古文的難點是現代人難以明白古代漢語，授人以魚不如授人以漁，作者在本書介紹了七種翻譯古文的法寶，讀者可以學以致用，去詮譯不同篇章。

《小學文言文解讀策略》系列適合不同年級的學生。其故事性適合初小學生作入門讀物，高小學生及中學生可以應用文言法寶，解讀艱澀的文章。古籍承載祖國文化，提升個人的修養內涵，我誠意推介這套兼具趣味性、知識性及實用性的作品！

中華傳道會許大同學校　**王少超校長**

日常用語裏文言蹤影處處

　　我出身草根，幼時長輩動不動便發惡言，讀小學後才知道叔父那句是「不知所謂」；讀大學後才知母親那句是「縱慣滋勢」；驚覺在下原來自幼沉浸於華夏文化，在文言氛圍中長大。

　　《左傳・宣公十二年》及《史記・留侯世家》分別有「桓子不知所為」、「呂后恐，不知所為」句，本意是不知怎麼做才好，化成「不知所謂」，是指對方所說的話或做的事敷衍塞責、意義不明，跡近無聊荒謬、怪誕騎呢，不能達成一角色或一部門或其上層，應達成目標、應發揮職效。

　　「縱慣滋勢」雖不是成語卻易解，今日亦說「畀人縱慣」。縱慣文言作「慣縱」，元・白樸《梧桐雨・第二折》：「慣縱的個無徒祿山，沒揣的撞過潼關」，指嬌寵、縱容。「滋勢」是滋長勢力，造成安史之亂。

　　五四新文化運動後，香港是保留文言文閱讀以至日常應用的重鎮，我一代中文中學生，篇篇文言文要全篇背默，不合格要留堂補默，但我班多年未留一人。當時又有周記要交，為了短寫快辦，開始滲入文言句。有一回剛學完柳宗元《遊黃溪記》，全篇用文言仿作《遊老龍石澗記》鬧着玩，未見老師動怒，便保留此種遊戲心態至今。其實自知讀寫文言文能力完全未及水平，譯解時常出錯，只靠翻查網料充撐。如果當年有梁美玉小姐《小學文言文解讀策略》一書，幫我對精選短文進行實地考察、全面解讀，學好文言要識，與同學邊喝邊聊，堅持反思學習，在下便更可自尚佯於美妙的文言世界中了。

資深中文科主任　**彭玉文老師**

角色介紹

趣趣

　　一隻聰穎、健談的古生物。牠的祖先是侏羅紀晚期的彩虹龍屬近鳥類恐龍，化石發現於中國河北省東部，屬於近鳥龍科。有一位科學家把化石重新孵化，結果這種生物得以在地球重生。由於祖輩和中國有深厚的淵源，趣趣熱愛中華文化。

文文

　　小學五年級學生，在學校擔任中華文化大使。性格活潑開朗，愛開玩笑，喜歡天馬行空的幻想，平日喜愛寫作，希望長大後成為網絡小說家。

言言

　　小學五年級學生，在學校擔任中華文化大使。談吐溫文，喜愛思考，愛玩動腦筋的遊戲，如圍棋、象棋等。

故事引入

　　一天，科學家交給趣趣一個破解 50 **篇文言文**的任務，並給牠時光機器和各式法寶，讓牠開展探索之旅。

　　趣趣在地圖上看到「**彩虹邨**」三字，靈機一動，估計在那裏可以找到同類（彩虹龍屬的後代）幫忙。

　　乘着時光機器，牠在彩虹邨降落，走進了邨內一所小學，牠結識了正在做「齊學文言文」壁報的學生——文文和言言。三人一見如故，成為了志同道合的好朋友。

　　為了幫助趣趣完成科學家交給牠的任務，三人定下了「**每周之約**」——每星期聚會一次，運用時光機器及各式法寶，結伴同遊古文世界！

登上時光機器吧！
我們出發了！

第一批任務共有十二個，
大家準備好就跟我來吧！

法寶介紹

趣趣身上有七件幫助解讀文言文的法寶，各有用途！
一起來看看吧！

法寶名稱：**保留噴霧**

功用：一噴就能保留古代的人名、
地名等，以及與現代意義
相同的詞語。

法寶名稱：**擴詞器**

功用：古代以單音詞為主，它把
單音詞擴展為雙音詞，使
我們更易明白。

法寶名稱：**替換槍**

功用：對準文言文發射，即把古代
特定用法的字詞變成意思相
等的現代用詞。

法寶名稱：**音義魔箭**

功用：能針對一字多音的現象，
一箭選出準確的意義。

法寶名稱：**增補黏土**

功用：自動找出省略了的句子成分，給予填補，使句意易於理解。

法寶名稱：**刪減斧**

功用：自動刪除句子中不需要翻譯的部分，使我們解讀時更輕鬆。

法寶名稱：**調整尺**

功用：重組文言文中語序和現代不同的句子，使我們解讀時更準確。

這些法寶真令人大開眼界！

有了它們傍身，閱讀文言文就更輕鬆了！

目錄

第一章
誠信不貪

任務 1　不貪為寶　《左傳》

趣趣博士，你的時光機器真神奇！我們已到達目的地了嗎？

對啊，言言，我們平安抵達春秋時期的魯國，可以開展任務了！

我的心情既興奮又緊張啊！我們的任務是什麼？

文文，我們要解讀《左傳》的其中一篇《不貪為寶》，它選自《襄公十五年》。

趣趣博士，《左傳》是一本怎樣的書？

16

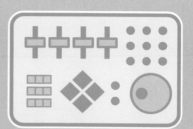

《左傳》相傳由春秋時魯國的左丘明編寫，用來解釋孔子所著的魯國史書《春秋》。《左傳》以生動的方式記載春秋時代的史事，富有故事性和戲劇性。

為什麼我們的時光機器聯絡不上作者左丘明先生？

根據近人的考證，《左傳》的作者似乎不只一個人。因為作者身分不確定，所以找不出來。

找不到作者，那豈不是很難破解原文？

不用擔心，我這裏有兩件好法寶——**擴詞器**和**替換槍**。

17

不貪為①寶

《左傳》

宋人或②得玉，獻諸③子罕④。子罕弗受。獻玉者曰：「以示⑤玉人⑥，玉人以為寶也，故敢獻之。」子罕曰：「我以不貪為寶，爾以玉為寶，若以與我⑦，皆喪⑧寶也。不若人有其寶。」

解讀提示

📦 替換槍：把「弗」字替換成意思相等的現代用詞「不」，便更容易理解。

📦 擴詞器：把單音節詞「示」擴展為雙音節詞「展示」，便更容易理解。

📖 文言人稱代詞：之、我、爾、其
（詳見第 20 頁）

📦 擴詞器：
- 「若」擴展為「若果」。
- 「喪」擴展為「喪失」。

注釋 ✏️

① 為：「把……作為」的意思。「為」 粵 圍 普 wéi
② 或：有人，有的人。
③ 獻諸：諸，「之於」的合音。獻之於，獻給。
④ 子罕：本名樂喜，春秋時宋國的賢臣。
⑤ 示：展示給人看。
⑥ 玉人：雕琢玉器的工人。
⑦ 若以與我：若，如果。以，把。與，給。如果把玉給我。
⑧ 喪：失去，喪失。

全面解讀

不貪為寶　　《左傳》

　　宋國有一個人得到了一塊寶玉，把它獻給子罕，可是子罕不肯接受。獻玉的人說：「我把那塊玉給玉工看過，玉工證明它是難得的珍品，所以我才敢把它獻給你。」子罕說：「我是拿不貪戀財物的品德當寶貝的，你是拿這塊玉當寶貝的。如果你把這塊玉送給我，我們兩人都會失去自己最珍貴的東西。與其這樣，不如各自保有自己的寶物吧。」

我明白了！這篇文章通過說明獻玉者和子罕二人對寶物的不同看法，突顯了子罕輕視財物，**注重個人品德**的高尚情操。

📖 文言人稱代詞

文言文裏的人稱代詞數量豐富，我們來認識一下吧！

	文言	現代漢語
第一人稱代詞	我、吾、予、余	我、我的 我們、我們的
第二人稱代詞	女、汝、爾、若、子、乃、而	你、你的 你們、你們的
第三人稱代詞	彼、之、其	他、她、它、牠 他們、她們、它們、牠們 他的、她的、它的、牠的 他們的、她們的、它們的、 牠們的

考考你，《不貪為寶》中出現了哪些人稱代詞？在現代漢語裏面可以怎麼說？（答案見第 126 頁）

	《不貪為寶》裏的 人稱代詞	現代漢語裏的 人稱代詞
第一人稱代詞	1.	2.
第二人稱代詞	3.	4.
第三人稱代詞	5.	6.

邊喝邊聊 ♪♫

🐦 奇怪！為什麼子罕不直接教訓獻玉人？

　　子罕是官員，獻玉人是為了討好他才送上寶玉的，可見他別有用心。為什麼子罕不直接教訓他？

　　子罕是一個品格高尚、謙厚待人的君子，因此雖然他是在堂堂正正地講道理，但並沒有擺出教訓別人的姿態，而是含蓄地拒絕獻玉人的饋贈。他說「不若人有其寶」，既不損獻玉人的面子，也保存了自己的美德。

反思學習 ??

① 子罕不接受寶玉，你覺得他做得對嗎？為什麼？

② 假如你是子罕，有人送來珍貴的寶玉，你會怎樣做？

③ 在你心目中，什麼是最寶貴的東西？為什麼？

④ 你願意拿出你最寶貴的東西跟大家分享嗎？為什麼？

⑤ 如果要在財寶和品德中二擇其一，你會怎樣抉擇？

21

任務 2　曾子殺豬　　韓非子

實地考察

趣趣博士，我們這個星期去哪裏呀？

言言，這兒是春秋時期曾子的家。這次的任務是解讀《曾子殺豬》，所以我們要實地看看！

曾子是誰？他殺豬來做叉燒還是豬排包？

待會你就知道！曾子是孔子的弟子，《曾子殺豬》的故事發生在他家裏，我們要好好觀察。

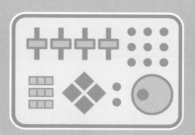

《韓非子》這本書我還是第一次聽到呢，究竟是什麼書？

《韓非子》主要是由戰國末期的思想家韓非所寫的。韓非是貴族出身，也是法家主要代表人物，人們尊稱他為韓非子。所以，「韓非子」既是書名，也是人名。韓非子提出的法治思想對後世影響很大，連秦始皇讀了他的著作，都感到佩服。

連秦始皇都佩服？真不可思議。趣趣博士，這次我們出動什麼法寶？

用**擴詞器**和**替換槍**吧！你先拿着。

曾子①殺豬

韓非子

曾子之妻之②市，其子隨之而泣。其母曰：「女③還④，顧反⑤為女殺彘⑥。」

妻適⑦市來，曾子欲捕彘殺之，妻止之曰：「特⑧與嬰兒⑨戲⑩耳⑪。」曾子曰：「嬰兒非與戲也⑫。嬰兒非有知也⑬，待⑭父母而學者也，聽父母之教。今子欺之⑮，是⑯教子

解讀提示

📖 一詞多義：之
（詳見第 28-29 頁）

🧰 擴詞器：「泣」擴展為「哭泣」。

📖 通假字：女、反
（詳見第 29 頁）

📖 一詞多義：適
（詳見第 28-29 頁）

🧰 擴詞器：「止」擴展為「阻止」。

📖 古今義：嬰兒
（詳見第 30 頁）

🧰 替換槍：「非」是「不」的意思。

📖 通假字：知
（詳見第 29 頁）

📖 一詞多義：待
（詳見第 28-29 頁）

🧰 替換槍：
- 「子」即「你」，此指曾子妻子。
- 「之」即「他」，此指孩子。

欺也。母欺子，子而不信其

母⑰，非以成教⑱也。」遂⑲烹

彘也。

25

注釋 ✏️

① **曾子**：即曾參，春秋時魯國人，孔子的弟子。

② **之**：前往。

③ **女**：通「汝」，「你」的意思。「女」 粵 雨 普 rǔ

④ **還**：回去。

⑤ **顧反**：回來，指從集市上回來。「顧」指回頭觀看，所以「顧反」意思是回來。

⑥ **彘**：豬。「彘」 粵 自 普 zhì

⑦ **適**：剛剛。另一說「到……去」。

⑧ **特**：不過。

⑨ **嬰兒**：此指小孩。

⑩ **戲**：開玩笑。

⑪ **耳**：罷了。

⑫ **非與戲也**：不能跟（孩子）開玩笑。

⑬ **非有知也**：不懂事。

⑭ **待**：向着，跟着，依靠。

⑮ **今子欺之**：如今你（曾子的妻子）欺騙他（曾子的兒子）。

⑯ **是**：這是。

⑰ **不信其母**：使他不相信自己的母親。

⑱ **非以成教**：不是教育孩子的方法。

⑲ **遂**：於是，就。

全面解讀

曾子殺豬　　韓非子

曾子的妻子去趕集，兒子哭着要跟她去，她便哄他說：「你先回家，等我回來殺頭豬給你吃。」

妻子趕集回來，曾子果真要捉一頭豬來要殺了牠，妻子馬上阻止他說：「剛才不過是跟孩子開開玩笑罷了。」曾子正色道：「不能跟孩子開這種玩笑。小孩不懂事，一切要靠父母引導，聽從父母的教誨。如今你欺騙他，等於教他騙人。做母親的欺騙兒子，兒子就不會再相信母親，這不是教育孩子的方法。」於是曾子殺了一頭豬，烹煮給兒子吃。

我明白了！韓非子運用一則生活事例，說明了教育子女的道理：父母必須**以身作則**，以**誠信**為本。

真有頭腦！秦始皇也說讚！

📖 一詞多義：之、適、待

文言文的一個詞常常帶有多項意義，這些意義包括詞的本義和引申義。例如「之」有幾個常見的意思：

	詞性	意思
之	第三人稱代詞	他、她、它、牠、他們、她們等等
	指示代詞	這，此
	助詞	相當於現代漢語的「的」
	動詞	前往，到……去

在《曾子殺豬》中，「曾子之妻之市」一句，前一個「之」是助詞「的」，後一個「之」是動詞，意思是「前往」。

考考你，根據《曾子殺豬》上下文的意思，選出以下詞語的正確意思，把圈塗滿。（答案見第 126 頁）

1. 「妻適市來」這一句中，「適」的意思是（可選多於一項）：

		詞性	意思
○	A	動詞	適宜
○	B	副詞	剛剛、恰好
○	C	動詞	到……去

2. 「嬰兒非有知也，待父母而學者也，聽父母之教」這一
   句中，「待」的意思是：

	詞性	意思
◯ A	動詞	等待
◯ B	動詞	對待
◯ C	副詞	將要
◯ D	動詞	向着，跟着，依靠

我們可以根據上文下理推斷詞語的意思！

📖 通假字：女、反、知

「通假」就是「通用、假借」，即用讀音相同或者相
近的字代替本字。

例如《曾子殺豬》中，「女還，顧反為女殺彘」一句
中的「女」字通「汝」字，這兩個字在古音裏讀音相近，
所以用「女」來代「汝」，意思是「你」。「反」字通「返」
字，詞義是「返回」。

在「嬰兒非有知也」這一句中，「知」字通「智」字，
詞義是「智慧」。

閱讀文言文，熟記一些常見的通假字，
有助我們提升理解能力。

📖 古今義：嬰兒

隨着語言演變，有些詞語的意義和用法，在古代和現代是不同的。

例如《曾子殺豬》裏的「嬰兒非與戲也」、「嬰兒非有知也」，這裏的「嬰兒」指小孩，與現代的意義「嬰孩」有所不同。

我們再看一些例子：

字例	古義	今義	詞義變化的情況
河	黃河	河流	詞義擴大
涕	眼淚	鼻涕	詞義轉移

了解詞語的古今意義，有助提升閱讀文言文的能力。

你剛剛不是流涕了嗎？

邊喝邊聊

古代和現代的父母相似嗎？

你覺得曾子夫婦教孩子的方法怎樣？跟現今的父母相似嗎？

曾子和他的妻子對管教孩子的態度很不同，曾妻只顧哄小孩，沒打算兌現承諾，態度不太認真。相反，曾子對子女的教育看得很嚴謹，說到做到。現今的父母身上不難找到曾子和曾妻的影子啊！

反思學習 ??

1. 你的父母有沒有承諾過，只要你做好某件事就給你獎勵？結果怎樣？如果父母沒有兌現自己的承諾，你會有什麼感覺？

2. 如果你的朋友不遵守承諾，你會有什麼感受？

3. 你有沒有做過不守信諾的事呢？為什麼？如果你有答應了但沒有遵守的承諾，有什麼補救方法嗎？

4. 老師的言行表現會對學生產生什麼影響呢？試舉例說說。

任務 3　勉諭兒輩　周怡

實地考察

這次的任務是解讀一篇明代的文章《勉諭兒輩》。文文、言言，考考你們，這個題目是什麼意思？

趣趣博士，我先回答！在前兩次的任務裏，我們學會了擴詞法，「勉」就是勉諭的意思。

「諭」，我想起「聖諭」，即皇上告知臣下的訓勉、命令。難道是勸諭的意思？

「兒輩」……應該是後輩的意思，對嗎？

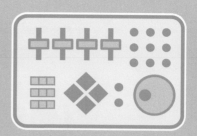

對！你們猜得不錯！勉諭兒輩就是指勉諭、教諭子姪一輩的人！

太好了！我們猜得這麼好，有沒有獎品啊？

小孩子還是以不貪為寶！時間不早了，我們拿着擴詞器、替換槍來破解任務吧！

33

勉諭兒輩[①]

周怡

「由儉入奢易，由奢入儉難[②]。」飲食衣服若思[③]得之艱難，不敢輕易費用[④]。酒肉一餐，可辦[⑤]粗飯幾日；紗絹一匹，可辦粗衣幾件，不饑[⑥]不寒足矣，何必圖[⑦]好吃好着？常將有日[⑧]思無日，莫等無時思有時，則子子孫孫常享溫飽矣。

解讀提示

擴詞器：
- 「儉」擴展為「儉樸」。
- 「奢」擴展為「奢侈」。
- 「易」擴展為「容易」。
- 「難」擴展為「困難」。

替換槍：「矣」是「了」的意思。

一詞多義：圖
（詳見第 37 頁）

替換槍：「莫」是「不要」的意思。

工整的句式
（詳見第 37-38 頁）

注釋

① **勉諭兒輩**：勉諭、教諭子姪一輩的人。
② **由儉入奢易，由奢入儉難**：語出《司馬光家訓》。入，轉入。
③ **思**：考慮到。
④ **費用**：這裏作動詞用，指花費使用。
⑤ **辦**：置備、採購。
⑥ **饞**：貪吃。「饞」 粵 讒 普 chán
⑦ **圖**：貪圖。
⑧ **有日**：有衣食之日。

全面解讀

勉諭兒輩　　周怡

「由節儉的生活轉入奢侈的生活是容易的，由奢侈的生活轉入節儉的生活卻困難了。」如果考慮到得到食物、衣服這些東西的艱難，就不敢輕易地花費錢財了。置一頓好酒好肉的費用，可以抵上幾天的家常飯菜；用一匹絲綢的價錢，可以做幾件普通衣服。不餓不冷就夠了，何必貪圖吃好、穿好呢？經常在有好東西的時候想着吃不上飯的時候，不要等到沒有東西吃的時候來想有好東西吃的時候，那麼子子孫孫就可永保溫飽了。

作者藉談「奢」與「儉」的關係，說明儉樸的重要。教導後輩要**培養儉樸的生活習慣**，不要有追求奢華的心態。

同時**要懂得居安思危，未雨綢繆**，才能保障生活的安定。希望你們都做得到！

📖 一詞多義：圖

在文言文裏面，「圖」可用作動詞和名詞：

	詞性	意思
圖	動詞	1. 本義：謀劃 2. 反覆考慮 3. 圖謀、謀取、貪圖
	名詞	指所畫的圖畫、地圖等

例如《勉諭兒輩》一文中，「何必圖好吃好着？」一句，「圖」是圖謀、貪圖的意思，全句意思是：「何必貪圖吃好、穿好呢？」

> 我們日後在閱讀古文時看到「圖」字，可嘗試看看它是動詞還是名詞。

📖 工整的句式

《勉諭兒輩》全文語言淺白易懂，親切誠懇地說出道理。文中句式整齊，類似格言，使文章更加生動，而且富節奏感，讓孩子琅琅上口，易於背誦和記憶箇中的道理。

例如：

> 由儉入奢易，由奢入儉難。

　　前後兩句用上相同的「由……入……」句式，「儉」對「奢」，「易」對「難」，以鮮明的對比說出道理。

> 酒肉一餐，可辦粗飯幾日；紗絹一匹，可辦粗衣幾件。

　　以相近的句式「……一……可辦……」幫助記誦，「酒肉」對「粗飯」，「紗絹」對「粗衣」，對比「儉」和「奢」的分別。

> 常將有日思無日，莫等無時思有時。

　　「有日」對「無日」，「無時」對「有時」，設想資源或有用盡的一天，強調珍惜資源的重要。
　　以上句子所說的道理放在現今社會中仍然適用，頗切合講求善用資源，持續發展的世界趨勢。大家嘗試把以上句式背誦，並銘記句中的教導，一定會受益無窮。

> 常將有日思無日，莫等無時思有時。

邊喝邊聊

古代的孩子都很頑劣？

難道古代的孩子很頑劣，所以師長要寫下那麼多家訓？

在中華文化中，「家」是聚族而居的羣體大家庭。中國人非常注重家庭教育，自古以來積累了大量的治家經驗，希望子孫們世代遵守，以保長久的幸福安寧。從先秦到明清，有很多經典家訓流傳下來，包括《孔子家語》、《顏氏家訓》、《朱子治家格言》等。

反思學習

1. 你經常被父母長輩訓話嗎？你有哪些地方做得不夠好的？可以怎樣改善？

2. 你會吃剩飯菜嗎？吃剩飯菜會有什麼問題？可以怎樣改善？

3. 吃自助餐的時候，你會吃剩或浪費食物嗎？為什麼？怎樣勸導吃自助餐的人珍惜食物？

4. 購買衣服前，你會考慮哪些因素？（例如價格、品牌、款式）為什麼會有這樣的考慮？

任務總結一

我們順利完成了任務 1-3，現在一起重溫內容，總結一下學習的成果。大家預備好就開始吧！

內容理解力

《不貪為寶》

1. 以下哪一項符合故事內容？

   ◯ A. 子罕嚴詞拒絕收下那塊寶玉。

   ◯ B. 子罕不相信雕琢玉器工人的話。

   ◯ C. 那個宋國人是個雕琢玉器的工人。

   ◯ D. 那個宋國人最後保留了自己的寶貝。

2. 如果子罕收下了那塊寶玉，會有什麼結果？

   ◯ A. 獻玉人會得到更多寶物。

   ◯ B. 子罕會得到他重視的東西。

   ◯ C. 兩個人都會得到自己想要的結果。

   ◯ D. 兩個人都會失去自己最珍貴的東西。

3. 圈出正確的答案。

   > 這篇文章突顯了子罕不重（名利／品行），
   > 注重（名利／品行）的性格特點。

《曾子殺豬》

1. 以下哪一項符合故事內容？

○ A. 曾子阻止妻子殺豬。

○ B. 曾子把豬肉烹煮給兒子吃。

○ C. 曾子的兒子想跟媽媽去市場買豬肉。

○ D. 曾子只顧哄小孩，沒打算兌現承諾。

2. 這個故事主要告訴我們

○ A. 父母不能跟孩子開玩笑。

○ B. 父母必須從小教孩子聽話。

○ C. 父母必須以身作則，以誠信為本。

○ D. 父母不應以為孩子會跟隨自己的行為。

《勉諭兒輩》

1. 以下哪一項符合作者的想法？

作者認為

○ A. 上好的酒肉和絲綢是必需品。

○ B. 由奢侈變為節儉是不可能的事。

○ C. 由奢侈變為節儉不是容易的事。

○ D. 自己從小家貧，因此不敢花用金錢。

2. 這個故事主要

○ A. 指出確保兒孫永久溫飽的重要。

○ B. 嚴厲斥責兒輩奢侈浪費的不良習慣。

○ C. 勉勵年輕一代要養成儉樸的生活習慣。

○ D. 以個人經驗說明由奢侈進入節儉的困難。

文言解讀力

以下句子中方框內的紅色字詞是什麼意思？

1. 不若人有 其 實。（《不貪為寶》）
   - ○ A. 你的　　　　　○ B. 他的　　　　　○ C. 它的

2. 顧反為 女 殺彘。（《曾子殺豬》）
   - ○ A. 你　　　　　　○ B. 姑娘　　　　　○ C. 女兒

3. 不敢輕易 費用 。（《勉諭兒輩》）
   - ○ A. 白白浪費　　　○ B. 花費使用　　　○ C. 它的

4. 不饑不寒足 矣 。（《勉諭兒輩》）
   - ○ A. 呢　　　　　　○ B. 嗎　　　　　　○ C. 了

自我評估

　　這次任務順利完成，大家解讀文言文的能力增強了嗎？能學到古人的智慧嗎？試給自己評分，把星星塗滿。（3 顆＝能夠掌握；2 顆＝初步掌握；1 顆＝仍需努力）

❶ 我明白有些詞語在古代和現代有不同的意思。--------- ☆ ☆ ☆
❷ 我對君子的美德有了初步的認識。----------------- ☆ ☆ ☆
❸ 我明白以身作則的重要。------------------------- ☆ ☆ ☆
❹ 我願意培養儉樸的生活習慣。--------------------- ☆ ☆ ☆

第二章
奇聞趣談

任務 4　揠苗助長　　孟子

趣趣博士，這個星期的任務是什麼？我看到前面有一片農地呢！

言言，這次的任務是解讀戰國時期孟子的《揠苗助長》，故事發生在農田上，所以我們要實地看看！

說起來，我給弄糊塗了！「孟子」究竟是書名還是人名？

兩個都對。孟子是繼孔子後的儒學大師，後世常以「孔」、「孟」並稱。而《孟子》是一部記錄孟子思想和言論的書，共七篇，每篇分上下兩章。

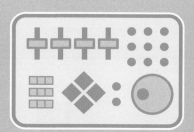

原來如此！可是現在我們來到農田⋯⋯難道孟子是一個農夫？

哈哈，文文，你的想法真有趣。《孟子》一書裏有很多答問、辯論和寓言。孟子善於議論，推理明晰，詞鋒銳利，比喻生動，對後世散文有極大影響。這次他正正以種田來做比喻。

趣趣博士，這次我們出動什麼法寶呢？

就用擴詞器、替換槍，還有保留噴霧吧！你先拿着。

45

揠①苗助長

孟子

宋②人有閔③其苗之不長
而揠之④者，芒芒⑤然歸，謂
其人⑥曰：「今日病矣！予助
苗長矣！」其子趨而往視之，
苗則槁⑦矣。

注釋 ✏️

① 揠：拔起。「揠」 粵 壓 普 yà
② 宋：春秋時期的國名。
③ 閔：古文通「憫」，擔心、憂慮。
　「閔」 粵 吻 普 mǐn
④ 揠之：之，代詞，「它」的意思，指
　禾苗。這裏指拔禾苗。
⑤ 芒芒：古文通「茫茫」，原意為模
　糊不清，這裏引申為疲倦的樣子。
　「芒」 粵 忘 普 máng
⑥ 謂其人：謂，對……説。其人，指他
　的家人。「謂其人」意思是對他的家
　人説。
⑦ 槁：枯死。「槁」 粵 稿 普 gǎo

解讀提示

🗃️ 擴詞器：「長」擴
　展為「生長」。

🗃️ 替換槍：「揠」是
　「拔起」的意思。

📖 文言虛詞：者
　（詳見第 48 頁）

🗃️ 保留噴霧：今日，
　翻譯時保留此詞。

📖 古今義：病，指疲
　倦。
　（詳見第 50 頁）

📖 文言虛詞：矣
　（詳見第 49 頁）

🗃️ 替換槍：
　• 「予」即「我」，
　　此指農夫。
　• 「趨」是「快步
　　行走」的意思。

全面解讀

揠苗助長　　孟子

　　宋國有一個人擔心田裏的禾苗生長得太慢，於是把它們一棵一棵地拔高。他忙了一天，疲勞不堪，回到家裏便對家人說：「今天累壞了！我幫助禾苗長高了！」他的兒子聽後，急忙走到田裏去看，只見禾苗都已枯死了。

這個故事比喻做事若不理會事物發展的規律，只顧個人願望，急於求成，即使辛勤努力，也會**徒勞無功**，甚至**弄巧成拙**。

📖 文言虛詞：者

文言文中，「者」字可指人、事或物。指代「人」的時候，可譯為「……的人」，也可簡化為「的」。例如《揠苗助長》一文中：

> 宋人有閔其苗之不長而揠之者……

這裏的「者」字指代人，全句可譯為：「宋國有一個人擔心田裏的禾苗生長得太慢……」看完《揠苗助長》之後，我們知道這裏講的人是農夫，所以這一句的「者」字還可譯為「農夫」。

再看一個例子：

> 弈秋，通國之善弈者也。（《孟子·告子》）

這裏的「者」也是指代人，全句可譯為：「弈秋是全國最善於下圍棋的人。」

作者、讀者、譯者、記者、學者、使者……這些都是什麼人呢？

📖 文言虛詞：矣

「矣」是文言虛詞裏的助詞，用於句末，相當於「了」，一般用於表示完成的語氣。例如《揠苗助長》裏有兩個例子：

> 予助苗長矣！

全句是「我幫助禾苗長高了！」的意思。

> 其子趨而往視之，苗則槁矣。

全句可譯為：「他的兒子聽後，急忙走到田裏去看，只見禾苗都已全部枯死了。」

 假如農夫不管那些禾苗，禾苗也會自己長高的呀！

此言差矣！如果農夫完全不管禾苗，禾苗有機會死掉呢！

📖 古今義：病

在現代漢語中，「病」多指「疾病」，然而在文言文裏它還有多種意思：

	詞性	意思
病	動詞	表示擔心，憂慮
	形容詞	1. 表示困難，不利 2. 疲累，倦困 3. 苦惱，困惱

在《揠苗助長》一文中，「今日病矣」的「病」是疲倦的意思，全句可譯為「今天累壞了」。

我們閱讀文言文時，要從上下文去推測詞義啊！

試後病矣！

邊喝邊聊 ♪♫

🐦 有哪些成語出自《孟子》?

「揠苗助長」是一個成語,除此以外,還有哪些成語出自《孟子》?

據學者統計,出自《孟子》的成語超過五十個,你們小學生較熟悉的有以下這些:

- **一暴十寒**:即使是最容易生長的植物,曬一天,冷十天,也不能生長。比喻學習或工作一時勤奮,一時又懶散,沒有恆心。
- **杯水車薪**:用一杯水去救一車着了火的柴草。比喻力量太小,解決不了問題。
- **同流合污**:指跟壞人一起幹壞事。
- **捨生取義**:捨棄生命以求取正義。指為正義而犧牲生命。

反思學習 ??

① 植物的生長需要什麼條件?怎樣才能長得健康呢?

② 一位同學為了在默書或測驗中取得滿分,於是吃完晚飯後一直溫習直到天亮,你贊同他的做法嗎?為什麼?

③ 你認為怎樣才可以令自己的成績進步呢?

④ 你曾在做事時為了達到目的而使用快速的方法嗎?具體是怎樣的?結果怎樣?

實地考察

趣趣博士，我要舉報楊布虐待動物！

言言，怎麼了？發生了什麼事？

我收到這個星期的任務，是解讀列子的《楊布打狗》。看文題，這分明是個虐待動物的案子！

是嗎？這要調查看看。

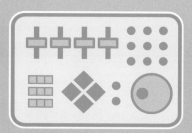

上次才殺豬，這次又打狗，要好好勸導古代的人。

文文、言言，你們冷靜一點。這篇文章的作者是戰國時期的列子，他和孟子一樣擅長用故事來說明道理。也許這只是構虛的情節。

？？
我們還是小心為上，多帶幾件法寶應急吧！

你這樣說也有道理，我們就帶擴詞器、替換槍和保留噴霧過去看看吧！

楊布打狗

列子

楊朱①之弟曰布。衣②素衣③而出，天雨④解⑤素衣，衣緇衣⑥而反⑦。其狗不知，迎⑧而吠之。楊布怒，將⑨撲⑩之。楊朱曰：「子⑪無⑫撲矣，子亦猶是也⑬。嚮者⑭使⑮汝狗白而往，黑而來，豈能無怪⑯哉？」

注釋 🖉

① 楊朱：戰國時期魏國人，相傳他反對墨家和儒家的思想，主張「為我」，重視個人生命的保存。

② 衣：這裏作動詞，「穿上」的意思。「衣」 粵意 普 yì

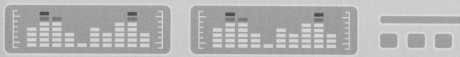

③ **素衣**：白色的衣服。

④ **雨**：這裏作動詞，「下雨」的意思。「雨」 🔵粵 預 ⚪普 yù

⑤ **解**：脱去。

⑥ **緇衣**：黑色的衣服。「緇」 🔵粵 資 ⚪普 zī

⑦ **反**：通「返」，回來。

⑧ **迎**：正對着。

⑨ **將**：欲，打算。

⑩ **撲**：用力拍打。

⑪ **子**：古代對男子的美稱。

⑫ **無**：通「毋」，不要。

⑬ **猶是也**：猶，如同。是，這，指示代詞，這裏指狗。這句的
意思是像這條狗一樣。

⑭ **嚮者**：相對為嚮，即「反過來說」。者，語氣詞，無義。
「嚮」 🔵粵 向 ⚪普 xiàng

⑮ **使**：假使，如果。

⑯ **無怪**：不感奇怪。

全面解讀

楊布打狗　　　列子

　　楊朱的弟弟叫楊布，他穿了一身白色的衣服出門去了。天下起大雨，楊布便脱下白衣，換了黑色的衣服回家。他家的狗沒認出他，就對着他吠叫。楊布十分生氣，要打那條狗。楊朱説：「你不要打狗，（如果換做是你，）你也會這樣做的啊！假如剛才你的狗渾身雪白的出去，弄得黑乎乎的回來，你能不感到奇怪嗎？」

幸好楊朱阻止了楊布打狗的行為。這則寓言諷刺那些只看表面現象，不看事物本質的人。

列子用有趣的故事表達出深刻的寓意，真厲害！

📖 詞類活用：衣、雨

詞類活用，就是指一個詞在句中改變了它原來的詞性。例如《楊布打狗》一文中：

> 衣素衣而出，天雨解素衣，衣緇衣而反。

「衣」本是名詞，在這一句中出現在名詞前面，說明已經活用為動詞，意思是「穿」。

「雨」字原是名詞，但在此句中卻作動詞用，變成「下雨」的意思。

全句指楊布穿了一身白色的衣服出門去了。天下起大雨，他脫下了白衣，穿上黑色的衣服回家。這裏的「衣」和「雨」都是名詞活用為動詞的例子。

試看看另一個例子：

> 今日不雨，明日不雨，即有死蚌。（《戰國策》）

「雨」字原是名詞，但在這裏活用為動詞，即「下雨」的意思。

全句意思是：「如果今天不下雨，明天不下雨，就會有被太陽曬死的蚌。」

邊喝邊聊

古今顏色詞大不同

文中用「素衣」來表示白色的衣服，看來文言文裏的顏色詞和現今的用詞有些分別。

對啊，古人用來形容顏色的詞和現代漢語有些不同，如「黯、黛」是指黑色。

「絳、朱、赤、丹、紅」五個詞都表示紅色：其中「絳」是深紅色；「朱」是大紅色；「赤」的本義是「火的顏色」；「丹」的本義是「硃砂」，即比較淺的紅色；「紅」的本義是「粉紅色」，不過後來「紅」和「赤」變得沒有區別。

「碧」的本義是「青綠色的玉石」，後來表示青綠色；「青」的本義是藍色，如荀子《勸學》：「青取之於藍，而青於藍。」後來指深綠色，如劉禹錫《陋室銘》：「草色入簾青。」現在「青翠」、「青山」等詞語也指深綠色；「青」也指黑色，如「青絲」等。

反思學習

1. 你在結識新朋友的時候，首要考慮什麼條件？外貌、品德還是其他？為什麼？

2. 同學或朋友做錯事的時候，你會嘗試去了解他犯錯的原因嗎？你在責怪他之前，會不會給對方解釋的機會？為什麼？

3. 說說你曾經設身處地替別人着想的例子。

任務 6 口鼻眼眉爭辯

王讜
《唐語林》

實地考察

趣趣博士，古代也有基因複製技術嗎？這個星期的任務是解讀宋代王讜的《口鼻眼眉爭辯》，是在討論應否用基因複製技術複製五官嗎？

言言，古代的科技沒那麼發達。不過，這篇文章運用了一種你們都學過的修辭方法來寫！

讓我猜猜，是擬人法嗎？

猜對了，文文。作者用擬人手法，把口、鼻、眼、眉人格化，演出了一場生動的小鬧劇。

我們用不用幫忙勸阻他們的爭辯？不如我們準備花生、爆米花看熱鬧吧！

口鼻眼眉爭辯 王讜《唐語林》

口與鼻爭高下。口曰：「我談古今是非，爾何能居我上？」鼻曰：「飲食非我不能辨①。」眼謂鼻曰：「我近鑒毫端②，遠察天際，惟我當先③。」又謂眉曰：「爾有何功居我上？」眉曰：「我雖無用，亦如世④有賓客，何益⑤主人？無即不成禮儀⑥。若無眉，成何面目⑦？」

解讀提示

- 保留噴霧：口、鼻、眼、眉，翻譯時保留這些詞語。

- 替換槍：「爾」即「你」，此指鼻。

- 疑問詞：何
  （詳見第 63 頁）

- 擴詞器：
  - 「辨」擴展為「辨別」。
  - 「近」擴展為「近處」。
  - 「鑒」擴展為「觀察、審視」。
  - 「遠」擴展為「遠處」。
  - 「察」擴展為「察看」。
  - 「功」擴展為「功勞」。

- 替換槍：「惟」即「只有」。

注釋 ✏️

① **不能辨**：不能辨別氣味。
② **毫端**：細毛的尖端，這裏指最細微的東西。
③ **當先**：應處在首位。
④ **世**：世俗，這裏指一般日常應酬。
⑤ **益**：用處。
⑥ **禮儀**：為表示隆重而舉行的儀式。
⑦ **面目**：樣子。

全面解讀

口鼻眼眉爭辯　　　王讜《唐語林》

口與鼻爭論誰的本領高。口說：「我能談論古今大事，判斷是非，你怎能位處我的上面？」鼻說：「飲食的氣味沒有我不能辨別的。」眼對鼻說：「我能觀察近處最細微的東西，又能眺望遠處無盡的天際，只有我才能做到，應當處在首位。」（眼）又對眉毛說：「你有什麼功勞可以位處我的上端？」眉答：「我雖然沒有什麼實際的用途，但就像世俗應酬中的賓客，他對於主人有什麼用處呢？如果沒有賓客，則各種禮節和儀式就沒法舉行了。如果沒有眉毛，一個人的面目會變成什麼樣子呢？」

哈，想不到竟然由眉勝出這場爭辯！

這個寓言告訴我們世界上每個人所起的作用不一樣，**沒有高低貴賤之分**。只有大家**團結協作**、共同努力，才能讓世界更美好。

📖 疑問詞：何

在文言文的疑問句中，「何」是個出場率很高的文言虛詞，可以用作疑問代詞和疑問副詞，表示疑問和反問的語氣。

「何」用作疑問代詞時，指代人、事、物、地點和原因等，相當於白話文的「什麼」、「哪裏」、「怎樣」等。例如《口鼻眼眉爭辯》一文中，眼對眉說：

> 爾有何功居我上？

句子意思是：「你有什麼功勞可以位處我的上端？」眉這樣回答眼的問題：

> 我雖無用，亦如世有賓客，何益主人？

「何益主人」的意思是「他對於主人有什麼用處呢」。

另外，「何」也用作疑問副詞，用在句首或動詞前，表示反問語氣，相當於「何必」、「怎麼」、「什麼」等。如《口鼻眼眉爭辯》一文中，口對鼻說：

> 我談古今是非，爾何能居我上？

「爾何能居我上」可譯為「你怎能位處我的上面」。

邊喝邊聊

🐦 古人如何招待客人？

聽了眉的話，古人似乎很重視招待賓客的各種禮節和儀式。

對啊，作為禮儀之邦，古人十分重視賓客之禮。遇有賓客到來，他們會熱情地站在門外歡迎，行禮問候，然後引領客人進入堂室。入門時也有規定，要讓客人先進，表達敬意。入席之後，在安排座次上也講究禮節，讓賓客坐在專屬的座位，表示對來賓的尊重。至於菜式方面，佳餚美酒當然也不能缺少，務求做到賓至如歸。

反思學習 ???

1. 你認為口、鼻、眼、眉誰最有用？為什麼？

2. 你認為十隻手指中，哪一隻用處最大？哪一隻最沒有用？

3. 你認為自己有什麼長處呢？你會怎樣善用這長處？

4. 學校裏除了教師、學生，還有校工。校工好像跟教學沒有直接關係，他們在學校負責什麼工作？假如沒有校工，學校會變成什麼樣子？

實地考察 ⋯✦

趣趣博士，這個星期的任務是破解《名落孫山》，孫山是指孫中山嗎？

看來不是啊，這裏是宋代，孫山似是另有其人！我收到的資料顯示，孫山這人的性格滑稽幽默。

想起來，好像聽過「名落孫山」這個成語，似乎是考不上或落敗的意思，怎樣會和一個幽默的人有關？

要找孫山這個人，要不要準備一張尋人啟事？

不用瞎猜，我們現在就去調查一下吧。最重要是帶好隨身法寶——**保留噴霧**、**替換槍**和**擴詞器**。

名落孫山

范公偁① 《過庭錄》

孫山，滑稽②才子也。赴舉③ 時，鄉人托以子偕④往。榜發，鄉人子失意，山綴榜末⑤先歸。鄉人問其子得失，山曰：「解名⑥盡處是孫山，賢郎⑦更在孫山外。」

解讀提示

🧰 保留噴霧：孫山，翻譯時保留此詞。

📖 語氣詞：也
（詳見第 69 頁）

🧰 替換槍：
- 「托」是「委託」的意思。
- 「綴」是「掛」的意思。

🧰 擴詞器：「歸」擴展為「歸家」。

📖 一字多音：解
（詳見第 70 頁）

注釋 ✏️

① **俌**：同「稱」字。「俌」　粵 青　普 chēng
② **滑稽**：能言善辯，語言流暢。
③ **赴舉**：參加舉人考試，即鄉試。
④ **偕**：同，一起。「偕」　粵 佳　普 xié
⑤ **山綴榜末**：孫山的名字寫在錄取榜的最後。
⑥ **解名**：鄉試錄取的名單。「解」　粵 介　普 jiè
⑦ **賢郎**：對別人兒子的尊稱。

全面解讀

名落孫山　　　范公偁《過庭錄》

孫山是個能言善辯的才子。孫山出發參加鄉試的時候，同鄉的人託孫山帶他的兒子一同前往。到公布結果時，鄉人的兒子沒有考中，孫山雖然考中，卻是最後一名。孫山先行回家，鄉人就來問他的兒子有沒有考中。孫山説：「錄取名單的最後一個名字是孫山，令公子的名字更落在孫山的後面呢！」

這位孫山果真幽默，用「名落孫山」來比喻考試落第。

對啊！用這種含蓄、幽默的方式來告知對方不太理想的結果，對方聽了也不會太難堪。

📖 語氣詞：也

在文言文裏面，「也」字一般作語氣助詞用，其中一個常見的用法是放在句末，用來幫助判斷、解釋或表示對事實的確認、肯定，可以譯為「了」、「啊」，有時可以不譯。例如《名落孫山》一文中：

> 孫山，滑稽才子也。

這句的意思是：「孫山是個能言善辯的才子。」這裏的「也」字可以不譯出來。

再看看其他例子：

> 1. 滕，小國也。（孟子《梁惠王下》）
> 2. 項脊軒，舊南閣子也。（歸有光《項脊軒志》）

第一句的意思是「滕是個小國」，第二句的意思是「項脊軒，是以前的南閣樓」。以上兩例的「也」字都可以不譯出來。

上一次任務的《楊布打狗》一文，「子亦猶是也」的「也」字可以怎樣翻譯呢？

（答案見第 126 頁）

📖 一字多音：解

一字多音是指一個字具有兩個或以上讀音，通常用以表示不同的詞性或意思。

「解」是個多音字，不同的讀音代表了不同的詞性和意思：

字音	詞性 / 通用字	意思	配詞
解 粵 櫅 (gaai²) 普 jiě	動詞	分開、分析、處理、溶化	解決、解除、溶解、解毒、和解、排解、解釋
粵 介 普 jiè	動詞	發送、發放	解名
		押送財物或犯人	押解
粵 懈 普 jiè	古同「懈」	鬆弛	懈怠
	古同「邂」	不期而遇	邂逅

《名落孫山》一文中，「解名盡處是孫山」，「解名」指官府發放出來的鄉試錄取名單。

閱讀文言文時，留意多音字，有助辨別字音和意思，順利解讀全文！

邊喝邊聊 ♫♪

🐦 什麼叫「榜眼」和「探花」？

> 趣趣博士，科舉制度有多少年歷史？
> 什麼叫「榜眼」和「探花」？

科舉制度是一種由朝廷開設科目考核讀書人的選拔官員制度。這制度在隋代開始出現，後來成為唐、宋、元、明、清歷代取士用人的正途，共舉行了一千三百多年。科舉的考核內容全部出自儒家經典著作，包括《論語》、《大學》、《中庸》和《孟子》。

經過多重的地方考試選拔後，成績優異的考生才有資格參加殿試。殿試錄取後稱為「進士」。依成績前十名進呈皇帝御覽，欽定名次。進士分為三甲（即三等），一甲三名，依次為「狀元」、「榜眼」、「探花」，其餘七名列入二甲，稱「賜進士出身」。

反思學習 ？？

1. 假如有人要告訴你一個壞消息，你希望他直接說出來，還是委婉地告訴你呢？為什麼？

2. 如果你要告訴別人一個壞消息，你又會怎樣做呢？

3. 你認為每個人都應該有幽默感嗎？怎樣可以培養幽默感？

4. 「幽默」、「嘲笑」和作弄別人有什麼分別？試舉出生活例子加以說明。

任務總結二

我們順利完成了任務 4-7，現在一起重溫內容，總結一下學習的成果。大家預備好就開始吧！

內容理解力

《揠苗助長》

1. 以下哪一項符合故事內容？

   ◯ A. 宋國人認為自己是在幫助禾苗成長。

   ◯ B. 他的兒子學着父親那樣把禾苗拔高。

   ◯ C. 宋國人一時貪玩，所以把禾苗拔高。

   ◯ D. 宋國人因為禾苗長不高，急得病倒了。

2. 這個故事告訴我們什麼道理？

   ◯ A. 辛勤努力並不保證成功。

   ◯ B. 凡事要依循常理去做才會成功。

   ◯ C. 凡事要聽從別人的意見才會成功。

   ◯ D. 凡事不要帶頭去做，以免做錯被嘲笑。

3. 以下哪一個成語和「揠苗助長」的意思相同？

   ◯ A. 實事求是

   ◯ B. 先拔頭籌

   ◯ C. 欲速不達

   ◯ D. 按部就班

《楊布打狗》

1. 以下哪一項符合故事內容？

    ◯ A. 楊朱穿淺色衣服回家。

    ◯ B. 楊布穿深色衣服出門。

    ◯ C. 楊布出門時遇到天雨。

    ◯ D. 楊布很生氣，把狗打了一頓。

2. 為什麼楊朱認為楊布不應責怪狗兒？

    ◯ A. 因為楊布不應該換衣服才回家。

    ◯ B. 因為狗兒還小，還未學會認人。

    ◯ C. 因為楊布平日沒有好好訓練狗兒。

    ◯ D. 因為楊布遇到這樣的事情也會有相同反應。

3. 這個故事給人們什麼啟示？

    ◯ A. 千萬不要虐待動物。

    ◯ B. 要平等對待萬物生靈。

    ◯ C. 做事不要魯莽，以免後悔莫及。

    ◯ D. 凡事不要只看表面，宜先了解真相。

《口鼻眼眉爭辯》

1. 以下哪一項符合故事內容？

    ◯ A. 口認為眼不應位處自己之上。

    ◯ B. 鼻認為自己能嘗到各種味道。

    ◯ C. 鼻認為自己能嗅出各種氣味。

    ◯ D. 眼為自己能看見色彩而驕傲。

2. 眉為什麼認為自己可以位在高處？

　　○ A. 眉認為自己有貢獻。

　　○ B. 眉認為自己關乎人的性命。

　　○ C. 眉認為自己有實際的用處。

　　○ D. 眉認為其他器官一無是處。

3. 這個寓言告訴我們

　　○ A. 要完成目標，就不要為小事爭吵。

　　○ B. 每個人有不同的優點，不要看輕自己。

　　○ C. 團結就是力量，大家為社會貢獻自己的力量。

　　○ D. 每人有不同的角色和作用，大家要團結合作。

《名落孫山》

1. 以下哪一項符合故事內容？

　　○ A. 孫山在鄉試中名列前茅。

　　○ B. 鄉人的兒子認不得回家的路。

　　○ C. 鄉人的兒子在鄉試中得到最後一名。

　　○ D. 孫山受鄉人所託帶他的兒子一同赴考。

2. 以下哪一個詞語最適合用來孫山？

　　○ A. 雄辯滔滔

　　○ B. 伶牙俐齒

　　○ C. 口不擇言

　　○ D. 口直心快

74

3. 以下哪一個詞語適合用來形容鄉人兒子的成績？

　　◯ A. 獨佔鰲頭
　　◯ B. 不過不失
　　◯ C. 榜上無名
　　◯ D. 位居榜末

文言解讀力

以下句子中方框內的紅色字是什麼意思？

1. 宋人有閔其苗之不 長 而揠之者。（《揠苗助長》）
　　◯ A. 長度　　　　　◯ B. 生長　　　　　◯ C. 永久

2. 今日 病 矣！（《揠苗助長》）
　　◯ A. 生病　　　　　◯ B. 困難　　　　　◯ C. 疲累

3. 其子 趨 而往視之，苗則槁矣。（《揠苗助長》）
　　◯ A. 催促　　　　　◯ B. 趨向　　　　　◯ C. 快步走

4. 衣 緇衣而反。（《楊布打狗》）
　　◯ A. 衣服　　　　　◯ B. 穿着　　　　　◯ C. 縫衣

5. 嚮者使 汝 狗白而往。（《楊布打狗》）
　　◯ A. 你的　　　　　◯ B. 他的　　　　　◯ C. 他們的

6. 惟 我當先。（《口鼻眼眉爭辯》）
　　◯ A. 但是　　　　　◯ B. 只有　　　　　◯ C. 思考

7. 爾有何功居我上？（《口鼻眼眉爭辯》）

　　○ A. 你　　　　○ B. 他　　　　○ C. 它

8. 鄉人托以子偕往。（《名落孫山》）

　　○ A. 捧起　　　○ B. 請求　　　○ C. 委託

9. 鄉人問其子得失。（《名落孫山》）

　　○ A. 你的　　　○ B. 他的　　　○ C. 這些

自我評估

　　這次任務順利完成，大家解讀文言文的能力增強了嗎？能學到古人的智慧嗎？試給自己評分，把星星塗滿。（3 顆＝能夠掌握；2 顆＝初步掌握；1 顆＝仍需努力）

❶ 我明白「病」的古今義。---------------------------- ☆ ☆ ☆

❷ 我明白文言文中有些名詞會當作動詞使用。-------- ☆ ☆ ☆

❸ 我知道「何」能表示疑問和反問的語氣。---------- ☆ ☆ ☆

❹ 我知道句末的「也」可以不譯出來。-------------- ☆ ☆ ☆

❺ 我知道「解」是多音字，不同讀音代表不同意思。---- ☆ ☆ ☆

❻ 我明白做事要循序漸進，不要急於求取成果。------ ☆ ☆ ☆

❼ 我會嘗試深入理解事物的本質。------------------ ☆ ☆ ☆

❽ 我明白每個人都可以在社會擔當不同的角色，

　　發揮各自的作用。------------------------------ ☆ ☆ ☆

❾ 我明白可以婉轉地告訴別人壞消息。-------------- ☆ ☆ ☆

第三章

珍惜少年時

實地考察 ✦

趣趣博士，那邊一戶人家的小孩正在讀書呢！

言言，這個星期我們又來到戰國時期做任務了。讓我看看資料，這篇文章是西漢時期的學者韓嬰寫的……那個小孩原來是小時候的孟子呢！

孟子？就是在破解《揠苗助長》任務時，那位教我們不要急於求成的大教育家？

對啊！你還記得，好厲害！我們今天就到他家去看看。

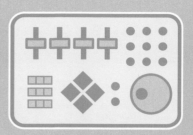

小時候的孟子？孟子是有名的學者，說不定他小時候已經是學霸？

可是你們細心看看，他媽媽皺着眉頭，好像有點擔心！

難道孟子默書不合格？還是背書背不出來？哈哈！

我們拿着法寶過去看看吧，很快就會明白了！這次用的法寶是保留噴霧、替換槍和擴詞器。

孟母戒子　韓嬰《韓詩外傳》

孟子少時誦①，其母方②織，孟子輟然③中止，乃復進④，其母知其諠⑤也，呼而問之曰：「何為⑥中止？」對曰：「有所失復得。」其母引刀裂其織⑦，以此誡之，自是以後，孟子不復諠矣。

解讀提示

- 保留噴霧：孟子，翻譯時保留此詞。
- 擴詞器：「織」擴展為「織布」。
- 一詞多義：復（詳見第 83 頁）
- 保留噴霧：中止，翻譯時保留「中止」一詞。
- 古今義：失、引（詳見第 84 頁）
- 替換槍：「此」即「這」，指「這做法」。

注釋 ✏️

① **誦**：背誦，誦讀。

② **方**：正在。

③ **輟然**：突然停下來。「輟」 〔粵〕拙 〔普〕chuò

④ **乃復進**：於是繼續背誦下去。

⑤ **諠**：同「諼」字，指遺忘。「諠」 〔粵〕圈 〔普〕xuān

⑥ **何為**：為何、為什麼。

⑦ **裂其織**：割斷她正在織的布。「織」 〔粵〕即 〔普〕zhì

孟母戒子　　　韓嬰《韓詩外傳》

　　孟子小時候有一次誦讀書本時，母親正在織布。孟子突然停下來，（過了一會兒才想起來，）於是繼續背誦下去。母親知道他是忘記了篇中的文句，大聲問他：「為什麼停下來？」孟子回答說：「剛剛忘記了，後來才又想起來。」母親拿起刀來，割斷她正在織的布，作為對孟子的警戒。從此以後，孟子不再遺忘書中的內容了。

這個故事告訴我們**做事要專心致志，不能半途而廢**的道理。

對啊，學習文言文也要專心致志啊！

📖 一詞多義：復

「復」在文言文裏是個常用詞，身兼多種意思：

	詞性	意思
復	動詞	1. 回覆、回答 2. 恢復、還原、繼續 3. 再、又
	形容詞	繁複、重複

看看《孟母戒子》一文中「復」的用法：

> 1. 孟子輟然中止，乃復進。
>
> 2. 有所失復得。

第一句的「復」是「恢復、繼續」的意思。「乃復進」意思是「過了一會兒才繼續讀下去」。

第二句的「復」是「又」的意思。全句意思是：「剛剛忘記了，後來才又想起來。」

考考你，「孟子不復諠矣」一句中，「復」是什麼意思？

（答案見第 127 頁）

📖 古今義：失、引

有些詞語在古代和現代的意義和用法已變得不同，例如《孟母戒子》中：

> 有所失復得。

這一句的「失」字，今義多指「失去」、「損失」，在這句中是指「忘記」？

又如：

> 其母引刀裂其織。

這一句的「引」字，今義多指「吸引」、「引用」，在這句中是指「拿起」。

了解詞語的古今意義，正確掌握字義，有助提升閱讀文言文的能力。

哎呀，我忘記帶雨傘！

汝有所「失」啊！

邊喝邊聊 ♫♪

🐦 孟母是虎媽？

孟母很重視孟子的學業，你覺得她是個虎媽嗎？

我覺得她是一位嚴母，而不是虎媽。看到兒子沒有專心學習，她不是加以訓斥責備，而是問明原因之後，再用生活中的實例來循循善誘：一匹布的織成，需要一絲一縷、點點滴滴地累積，一旦半途而廢，必然前功盡棄。孟母真會教養小孩，值得現代父母借鏡！

反思學習 ⁇

1. 你在上課時會分心嗎？為什麼？怎樣可以專心上課？

2. 上課時，你會跟附近的同學聊天嗎？如果鄰座的同學想跟你聊天，你會怎樣做？為什麼？

3. 你試過做一些事，結果半途而廢嗎？為什麼會放棄？如果再來一次，你可以堅持到底嗎？為什麼？

4. 舉出一個你在日常生活中的例子，說明做事要「持之以恆」。

實地考察

這個星期的任務是解讀歐陽修的《誨學》，所以我們要返回北宋時代。

趣趣博士，歐陽修這名字聽來很耳熟，在哪裏聽過？

歐陽修是北宋時期公認的文壇領袖，對宋代文學的發展起了重要作用。他還是「唐宋八大家」之一。無論寫散文、詩、詞，都難不到他。

真想跟這位大文學家見面，趁此機會向他偷師！

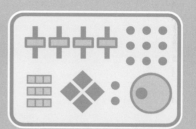

歐陽修的散文成就最高,無論敘事、議論,還是寫景、抒情,都簡潔曉暢,氣度從容。他的文風平易婉約,是北宋散文的主要風格特色。

好厲害的人物!趣趣博士,文題《誨學》是什麼意思呢?

你們猜猜吧!

「誨」是教導、勸導的意思,「學」應是指學習。「誨學」是勸導人學習的意思。

言言,你說得很好。我們馬上出發,看看你猜得對不對!

87

誨學　歐陽修

玉不琢，不成器，人不學，不知道①。然玉之為物，有不變之常德②，雖不琢以為器，而猶不害③為玉也；人之性，因物則遷④，不學，則捨君子而為小人，可⑤不念⑥哉？

注釋 ✏

① 玉不琢，不成器，人不學，不知道：原出《禮記・學記》。意思是璞玉不經琢磨，不會成為精美的玉器；人沒有受過教育，不會明白道理。
② 常德：恆常不變的本質。
③ 害：損害。
④ 因物則遷：隨着外部環境改變。
⑤ 可：這裏表示反問，「難道可以」的意思。
⑥ 念：考慮，反省。

解讀提示

📦 擴詞器：
• 「學」擴展為「學習」。
• 「道」擴展為「道理」。
• 「然」擴展為「然而」。
• 「為」擴展為「作為」。

📦 替換槍：「猶」是「仍然」的意思。

📦 擴詞器：「性」擴展為「品性」。

📖 一詞多義：因（詳見第 90 頁）

📦 替換槍：「捨」是「放棄」的意思。

📖 語氣助詞：哉（詳見第 90 頁）

全面解讀

誨學　　歐陽修

《禮記・學記》這樣説過:「玉石不經過雕琢,不能成為精美的玉器;人不通過學習,不能知道做人的道理。」然而玉石作為一種天然物質,具有恆常不會變化的品質,即使不把它雕琢為玉器,仍然不會損害它作為玉石的本質。但是,人的品性則會隨着外部環境而變化,如果不學習,則不可能成為君子而只能變成小人,這難道不值得我們警惕、反省嗎?

歐陽修把人的品性與玉的本質作對比,**説明了學習對人的重要**。

📖 一詞多義：因

「因」在文言文裏是個常用詞，身兼多種詞性和意思：

	詞性	意思
因	動詞	依照、根據、憑藉、順應、遵循
	名詞	原因、機會
	介詞	由於、趁着
	副詞	就
	連詞	因此、於是

在《誨學》裏，「人之性，因物則遷」一句的「因」是「依照、順應」的意思。「因物則遷」意思是「隨着外部環境而變化」。

📖 語氣助詞：哉

「哉」是文言文中的語氣助詞，能表達感歎、疑問和反問的語氣。表示感歎語氣時，相當於「啊」；表示疑問語氣時，相當於「呢」；表示反問語氣時，相當於「嗎」。

《誨學》一文中「可不念哉？」是反問句，「哉」表示反問語氣，可譯為「嗎」。全句的意思是：「這難道不值得我們警惕、反省嗎？」

邊喝邊聊

為什麼古人那麼喜愛玉石？

為什麼古人那麼喜愛玉石？他們常常把玉掛在口邊，不，掛在身上才對。

中國的玉文化傳統歷史悠久，據說早在新石器時代，人們已把玉從石頭中剝離出來，並認為這種特殊的物質蘊藏着山川的菁華，因此玉成了人們崇拜、祭祀的對象。

古人認為「玉，石之美者有五德。」玉石不但美麗，還帶有五種道德品性，因此對玉器更重視了。君子必定佩玉在身，以提醒自己的言行不要超越規範。

人們更把玉石用於醫療保健。古代醫藥名著《本草綱目》記載玉石用於內服外敷的治病方法。人們更深信玉能驅魔辟邪、護身擋災，使佩戴的人平安順利、如意吉祥。

反思學習

1 你喜愛你的學習生活嗎？從中得到了些什麼？

2 除了上學讀書外，我們還可用什麼方法去學習呢？

3 除學習課本知識外，我們還需要怎樣的鍛煉和培養，才能做到品學兼優？

4 雕琢玉石的過程可以用來比喻人學習做人處事、修養自身的過程，我們還可以用什麼來比喻這樣的過程呢？

實地考察

趣趣博士，為什麼我們這個星期又來到北宋時期？

言言，因為我們又要探訪上一次見過的大文豪——歐陽修。

我們上次破解了他的《誨學》，這次的任務又是他的作品？

這次要讀的文章不是他的作品，而是關於他的生平的。

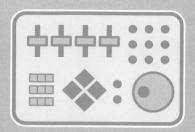

是關於他如何學習嗎？我很想知道他怎樣學文言文呢！

文文，這次的任務《畫荻》節錄自《歐陽公事跡》，是講述歐陽修的童年事跡。

那邊有一對母子，好像是歐陽修和他的媽媽。我們快去看看吧！

好，我們不動聲色，靜悄悄地拿着擴詞器、替換槍過去看看吧！

畫荻① 《歐陽公事跡》

先公②四歲而孤③，家貧無資④，太夫人⑤以荻畫地⑥，教以書字⑦，多誦古人篇章，使學為詩⑧。及其稍長，而家無書讀，就閭里⑨士人⑩家借而讀之，或因而抄錄。抄錄未畢，而已能誦其書。以至晝夜忘寢食，惟讀書是務⑪。自幼所作詩賦文字，下筆已如成人。

解讀提示

📦 擴詞器：「貧」擴展為「貧困」。

📖 一詞多義：以 （詳見第97頁）

📦 擴詞器：「誦」擴展為「背誦」。

🔫 替換槍：
- 「為」是「做」的意思。
- 「就」即「向」。
- 「之」是文言人稱代詞「它」，此指書。
- 「或」即「有時」。
- 「其」是指示代詞「那些」。
- 「晝」即「白天」。

📖 文言虛詞：惟 （詳見第98頁）

注釋 ✏️

① 荻：蘆荻一類的草本植物。「荻」 粵 敵 普 dí
② 先公：先父，對去世父親的稱呼。這裏指歐陽修。
③ 孤：幼年時失去父親。
④ 資：財物。
⑤ 太夫人：舊時對自己母親的尊稱。這裏指歐陽修的母親。
⑥ 畫地：在地上描畫。
⑦ 書字：寫字和認字。
⑧ 使學為詩：讓他學着作詩。
⑨ 閭里：鄉里，同鄉。「閭」 粵 雷 普 lú
⑩ 士人：古時對讀書人的通稱。
⑪ 惟讀書是務：一心只做讀書的事情。

畫荻　　　《歐陽公事跡》

　　歐陽修四歲時父親就去世了，家境貧困，他的母親（沒有錢請人來教他讀書，也買不起紙筆，）只好用蘆葦的桿子在沙地上描畫，教兒子寫字和認字，並鼓勵兒子多背誦古人的文章，也讓他學着作詩。到歐陽修漸漸長大了，因家裏沒有書可以讀，就向同鄉的讀書人家借書來讀，有時甚至把書抄錄下來。書還沒有抄完，他已經能把那些書的內容背熟了。他日夜廢寢忘食，只是專心地讀書。小時候的詩詞作品，已經好得像大人寫的一樣了。

歐陽修刻苦學習的故事教導我們**要克服困難，用心學習**。

對啊，文文，你以後不要只顧買新穎的文具了！

📖 一詞多義：以

「以」在文言文裏是個常用詞，身兼多種詞性和意思，以下是較常見的用法：

	詞性	意思
以	動詞	1. 用、使用 2. 可、能夠 3. 憑藉
	介詞	1. 把、用 2. 由於、因為
	連詞	在於、以致、因此
	助詞	在動詞前，無義

看看《畫荻》一文中「以」的用法：

> 以荻畫地，教以書字。

前一個「以」是動詞，等於「用」的意思；後一個「以」是助詞，在動詞「書」之前，無義，可不譯。全句意思是：「用蘆葦的桿子在沙地上描畫，教兒子寫字和認字。」

「以」在文言文裏經常出現，詞性和意思有很多種，我們要多加留意啊！

📖 文言虛詞：惟

「惟」作副詞，是「只、只是」的意思。例如《畫荻》一文中：

> 以至晝夜忘寢食，惟讀書是務。

「惟」相當於「只是」，全句意思是：「他日夜廢寢忘食，只是專心地讀書。」

看看另一個例子：

> 不聞機杼聲，惟聞女歎息。（《木蘭辭》）

這裏的「惟」相當於「只」，全句意思是：「織機停下來不再作響，只聽見姑娘在歎息。」

不聞讀書聲，惟聞手機鳴。

邊喝邊聊

苦學成材的歐陽修

童年的歐陽修苦學成材，真了不起！

童年的歐陽修苦學成材，我覺得有兩個成功因素：

首先是歐陽修有一位值得尊敬的母親。儘管家境困難，但他的母親仍沒有放棄兒子的教育，親自教導兒子識字讀書，還想盡辦法讓他能繼續學習。

其次是歐陽修有刻苦學習的精神。他為了求取學問，設法向人借書來讀，又抄錄借來的書。他天資聰穎，抄錄未畢，已能背誦其書，最重要還是他的專心致志，用功苦讀。

也許因為他幼年苦學，深知讀書不易，所以歐陽修在文壇上建立了地位之後，樂於提拔後輩，蘇軾、王安石等文學家都受過他的鼓勵和幫助。

反思學習

① 《畫荻》這個故事給了你什麼啟示？日後你會抱什麼態度去做功課和温習呢？

② 你的生活和學習環境是怎樣的？歐陽修童年時的生活條件與你的相比，有什麼分別？

③ 假如父母沒有金錢為你添置課外讀物，你可用什麼途徑得到課外書呢？

實地考察

這個星期我們要解決的任務《鐵杵磨針》，出自明代陳仁錫所編的《史品赤函》。不過，我們現時來到了唐代，似乎這又是一個有趣的任務。

《鐵杵磨針》……趣趣博士，你知道什麼是鐵杵嗎？

言言，讓我查一查……啊，原來鐵杵是指鐵棒。

鐵棒的故事？真令人摸不着頭腦！

等一下，我收到更多資料……原來這個故事是關於著名大詩人李白的少年時代的，他小時候雖然聰明，但貪玩懶散。

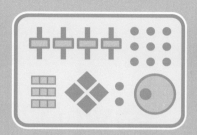

讓我猜猜，接着他媽媽教訓他，就像孟子的母親那樣。

資料顯示，這次出場的是一位老婆婆，且看她如何教訓李白，哈哈！

莫非老婆婆用鐵棒教訓那頑皮的小李白！

哎呀，聽來好驚險，我們快點帶着法寶替換槍和擴詞器去看看吧！

鐵杵磨針 陳仁錫《史品赤函》

李白①讀書未成，棄去②。

道逢③老嫗④磨杵⑤，白問故，

曰：「欲作針。」白笑其拙，

老婦曰：「功到⑥自然成耳。」

白大為感動，遂還讀卒業⑦。

卒成名士⑧。

解讀提示

📖 古今義：棄
（詳見第 104 頁）

🗄 擴詞器：「道」擴
展為「道路」。

🗄 替換槍：
- 「故」是「原因」
  的意思。
- 「欲」即「想」。
- 「拙」是「愚笨」
  的意思。

📖 副詞：遂（詳見
第 104-105 頁）

📖 一詞多義：卒
（詳見第 105 頁）

🗄 擴詞器：「業」擴
展為「學業」。

注釋 ✏️

① 李白：唐代著名詩人。
② 棄去：丟開書本溜出去玩耍。
③ 逢：遇見。
④ 老嫗：老婆婆。「嫗」 粵 傴 (jyu²) 普 yù
⑤ 杵：鐵棒。「杵」 粵 柱 普 chǔ
⑥ 功到：下了功夫。
⑦ 遂還讀卒業：於是回頭讀書，完成學業。
⑧ 名士：古時指知名於世而未出仕的人。

全面解讀

鐵杵磨針　　　陳仁錫《史品赤函》

　　李白少年時有一次讀書讀了一段時間，怎麼也弄不懂書本的意思，於是丟開書本，逃學出去玩耍了。李白在道路上遇到一位老婆婆在磨一根鐵棒，他好奇地問老婆婆這樣做的原因，老婆婆告訴他：「因為想把鐵棒磨成一根針。」李白嘲笑老婆婆愚笨，但老婆婆卻說：「只要下了功夫，自然就會成功。」李白被她的精神感動，於是回去讀書，完成學業，終於學有所成。

雖然李白沒有做大官，卻成了一位大詩人。這個故事告訴我們無論做什麼，**只要有堅韌不拔的意志，鍥而不捨，就能做出成績。**

📖 古今義：棄

　　在文言文裏，「棄」字的意義很豐富，但有些在現代漢語中已不再使用。

　　「棄」的本義是「扔掉、拋棄」，在現代漢語中，常用於「拋棄、捨棄、放棄」等詞。

　　在文言文中，「棄」還有「丟開、離開、忘記、廢除、違背、背叛」的意思，例如《鐵杵磨針》一文中：

> 李白讀書未成，棄去。

　　「棄」是「丟開」的意思。這句的「棄去」指「丟開書本溜出去玩耍」。

📖 副詞：遂

　　在文言文裏面，「遂」多用作副詞，常見有兩種用法：一是解作「終於、竟然」，二是解作「於是、就」。

　　例如《鐵杵磨針》一文中：

> 白大為感動，遂還讀卒業。卒成名士。

根據上文下理，這一句的「遂」可譯為「於是、就」，「遂還讀卒業」可譯為「於是回去讀書，完成學業，終於學有所成」。

📖 一詞多義：卒

在文言文裏面，「卒」字有不同的詞性和意思：

	詞性	意思	例子
卒	名詞	士兵	士卒、兵卒
		死亡	病卒、生卒年月
	動詞	完成、完結	卒歲（度過一年）、卒業（畢業）
	副詞	終於	卒勝敵軍

例如《鐵杵磨針》一文中：

> 白大為感動，遂還讀卒業。卒成名士。

「卒業」的「卒」是動詞，意思是完成，「卒業」即「完成學業」。「卒成名士」的「卒」是副詞，終於的意思。

嘻嘻，你這無名小卒！

邊喝邊聊 ♪♫

🐦 只要功夫深，鐵杵磨成針！

年少的李白淘氣貪玩，若果不是遇上老婆婆，說不定會變成不良少年。

對啊！幸好有這位婆婆，否則中國文壇就少了一位大放異彩的大詩人。這個故事只有寥寥幾十字，簡潔地交代了事情的前因後果。通過李白和老婆婆的對話，把兩個人物描繪得栩栩如生：淘氣貪玩但勇於自省的李白、看似愚拙其實充滿生活智慧的老婆婆，兩人都給人深刻的印象。

老婆婆一句「功到自然成」富於哲理，帶出鍥而不捨的可貴。成語「鐵杵磨針」、「鐵杵成針」，或是諺語「只要功夫深，鐵杵磨成針」等，都是出於這個故事。

反思學習 ？？

❶ 「只要功夫深，鐵杵磨成針」這句話的道理可以應用在日常生活的哪一方面？試舉出例子加以說明。

❷ 你相信「世上無難事，只怕有心人」嗎？為什麼？

❸ 你試過經一番努力才達致成功的經驗嗎？艱苦奮鬥時你的心情是怎樣的？當你成功時心情又是怎樣的？

❹ 當你知道自己做錯事時，有什麼反應？你能夠勇敢地認錯並改過嗎？

實地考察

趣趣博士，這個星期的任務很簡單，我想我和文文兩個人已能處理！

言言，你說真的？這麼有信心？

這次的任務是解讀一篇叫《要做則做》的文章，顧名思義，就是應該做的事情就去做吧。我們還知道，作者錢泳是清代著名的金石書法家，學問淵博。

經過多次練習，我們已能熟練地運用不同法寶來完成任務了。這次就交給我們吧！

好！現在馬上拿好法寶**替換槍**和**擴詞器**，出發吧！

要做則做 錢泳《履園叢話》

後生家①每臨事，輒②曰：「吾不會做。」此大謬③也。凡事做則會，不做安能會耶？又，做一事，輒曰：「且待明日。」此亦大謬也。凡事要做則做，若一味因循④，大誤終身。家鶴灘先生⑤有《明日歌》最妙，附記於此：「明日復明日，明日何其多。我生⑥待明日，萬事成蹉跎⑦。世人苦被明日累，春去秋來

解讀提示

🗝 **替換槍**：「臨」是「面對、遇到」的意思。

📖 **副詞**：輒（詳見第 112 頁）

🗝 **替換槍**：
- 「吾」是文言人稱代詞「我」，此指年輕人。
- 「安」是「怎能」的意思。

📖 **疑問語氣詞**：耶（詳見第 112 頁）

🗝 **擴詞器**：
- 「且」擴展為「暫且」。
- 「誤」擴展為「耽誤」。
- 「累」擴展為「拖累」。

老將至。朝看水東流，暮看

日西墜。百年明日能幾何⑧？

請君聽我《明日歌》。」

解讀提示

替換槍：

- 「朝」是多音字，這裏是「早上」的意思。
- 「暮」是「傍晚」的意思。

注釋

① **後生家**：年輕人。
② **輒**：就，總是。「輒」 粵 摺 普 zhé
③ **謬**：錯誤，荒謬。
④ **因循**：原意為照舊不改，這裏指拖延下去。
⑤ **家鶴灘先生**：家，本家，同姓者。這句指「我的本家錢鶴灘先生」。
⑥ **生**：一生。
⑦ **蹉跎**：虛度光陰。「蹉跎」 粵 搓駝 普 cuō tuó
⑧ **何**：多少。

要做則做　　　　錢泳《履園叢話》

年輕人每當面對事情，總是說：「我不會做。」這種想法是錯得很荒謬的。凡事只有去嘗試，才能學懂怎樣做，不做又怎能學得會呢？還有，有些人每當要做一件事，總是說：「暫且等到明天再做。」這種想法也是非常錯誤的。事情該做時就得去做，老是拖延，就會耽誤一生。錢鶴灘先生有一首《明日歌》說的非常好，我順便把它抄寫在這裏：「明天之後還有明天，『明天』是那麼的多。如果一生中什麼事情都留待明天才做，結果只會萬事成空，虛度光陰。世人苦於被『明天』拖累，春去秋來，人很快就會老去。早上看看水向東面流去，傍晚看看太陽從西邊落下，（生命在不知不覺中便流逝了。人的一生非常短暫，）即使活到一百歲，那又有多少個『明天』呢？請各位聽聽我的《明日歌》吧！」

這篇文章諄諄告誡年輕人要好好把握時間，切實做事，以免將來後悔莫及。

大家要戒除推搪、拖延的壞習慣啊！

📖 副詞：輒

「輒」表示多次重複某種動作或行為，相當於「總是」、「往往」的意思。例如《要做則做》一文中：

> 後生家每臨事，輒曰：「吾不會做。」

「輒」表示了年青人多次對事情抱着推搪的態度。全句意思是年青人每當面對事情，總是說不會做。

另外，白話文中的「動輒」（動不動）也有相近意思，可用來幫助記憶。

📖 疑問語氣詞：耶

在文言文裏，「耶」是一個常用的疑問語氣詞，相當於「呢」，通常用於疑問句和反問句的句末，又寫作「邪」。例如《要做則做》一文中：

> 凡事做則會，不做安能會耶？

這是一個反問句，全句意思是：「凡事只有去嘗試，就會學懂怎樣做，不做又怎能學得會呢？」

邊喝邊聊 🎵🎵

🐦 古人如何勉勵人愛惜光陰？

受到古人的啟發，我決定做一個「作息時間表」，務求達到「今天的事今天做」的目標。趣趣博士，請問有哪些名句是勉勵人愛惜光陰的？

你看看以下幾句：

- 少壯不努力，老大徒傷悲。（《長歌行》）
- 一寸光陰一寸金，寸金難買寸光陰。（《增廣賢文》）
- 莫等閒，白了少年頭，空悲切！（岳飛《滿江紅·寫懷》）
- 少年易老學難成，一寸光陰不可輕。（朱熹《偶成》）

文文，你要加油！一定能達到目標。

反思學習 ❓❓

① 你有什麼方法做好時間分配和時間管理？

② 老師提問時，你或同學們試過以「我不懂」、「我不會」來回應嗎？你覺得這種態度適當嗎？為什麼？

③ 你有什麼事情，曾用「明天再做」、「遲些再做」等藉口來拖延？這種處事態度適當嗎？為什麼？

④ 你有什麼事情想去做但仍未做的呢？看完《要做則做》之後，你現在會不會考慮立刻去做？為什麼？

任務總結三

我們順利完成了任務 8 - 12，現在一起重溫內容，總結一下學習的成果。大家預備好就開始吧！

內容理解力

《孟母戒子》

1. 以下哪一項符合故事內容？

　　◯ A. 孟子小時候沒有機會上學。

　　◯ B. 孟子小時候學習能力不高。

　　◯ C. 孟母對兒子學業要求嚴格。

　　◯ D. 孟母雖然讀書不多，但親自教兒子讀書。

2. 孟母聽到兒子忘記了篇章的內容，她怎樣做？

　　◯ A. 請鄰居教孟子讀書識字。

　　◯ B. 拿起剪刀把他的書剪破。

　　◯ C. 問明原因，然後用實例引導。

　　◯ D. 不問原因，就嚴厲地訓斥、責備孟子。

3. 以下哪一個詞語適合形容孟母教曉孟子的道理？

　　◯ A. 堅定不移

　　◯ B. 持之以恆

　　◯ C. 知錯能改

　　◯ D. 深思熟慮

4. 以下哪一個詞語適合形容故事中孟子的態度？

　　○ A. 頑劣懶散

　　○ B. 馬虎散漫

　　○ C. 藉詞推搪

　　○ D. 知錯能改

《誨學》

1. 根據文章內容，玉石有什麼特色？

　　○ A. 不必經過雕琢。

　　○ B. 在雕琢中改變本質。

　　○ C. 雕琢與否性質也不變。

　　○ D. 雕琢後可隨時變回原狀。

2. 為什麼作者認為人不學習會有不良後果？

　　○ A. 因為人會變得容易受騙。

　　○ B. 因為人會被身邊小人所害。

　　○ C. 因為人會不懂隨時代改變。

　　○ D. 因為人會遠離良好的品德。

3. 以下哪一項**不是**文中運用的修辭手法？

　　○ A. 擬人

　　○ B. 對偶

　　○ C. 反問

　　○ D. 對比

4. 作者引用《禮記·學記》目的是

　　○ A. 反駁古人的看法。

　　○ B. 證明玉石自古已有。

　　○ C. 解釋這幾句話的意思。

　　○ D. 提出一個新的角度說明事理。

《畫荻》

1. 以下哪一項是歐陽修年幼時的家庭狀況？

　　○ A. 家境困難。

　　○ B. 家道中落。

　　○ C. 失去雙親。

　　○ D. 年幼喪母。

2. 以下哪一項**不是**歐陽修母親教育孩子的方法？

　　○ A. 設法教兒子識字。

　　○ B. 鼓勵兒子學習寫詩。

　　○ C. 設法為他借閱不同的書籍。

　　○ D. 鼓勵兒子多背誦古人的文章。

3. 這篇文章主要記述

　　○ A. 歐陽修的成長歷程。

　　○ B. 歐陽修的母親對他學業的助益。

　　○ C. 歐陽修為讀書廢寢忘食的精神。

　　○ D. 兒時的歐陽修天資聰穎，才華媲美成人。

《鐵杵磨針》

1. 以下哪一項**不符合**故事內容？

　　○ A. 老婆婆不滿李白當面嘲笑她。

　　○ B. 老婆婆的話令李白深受感動。

　　○ C. 老婆婆認為鍥而不捨，就能做出成績。

　　○ D. 李白年少時貪玩，曾不珍惜學習機會。

2. 李白為什麼嘲笑老婆婆？

　　○ A. 他覺得老婆婆動作緩慢。

　　○ B. 他覺得老婆婆行為愚笨。

　　○ C. 他覺得老婆婆滿口謊言。

　　○ D. 他覺得老婆婆胡說八道。

3. 這個故事說明

　　○ A. 李白的生平和志向。

　　○ B. 李白平步青雲的原因。

　　○ C. 李白勤奮向學的原因。

　　○ D. 鐵杵是能夠磨成針的。

《要做則做》

1. 以下哪一項符合作者的想法？

　　○ A. 認為努力耕作可令兒孫永保溫飽。

　　○ B. 認為年輕人多有拖延、推搪的壞習慣。

　　○ C. 後悔自己少年時不肯做事，以致一事無成。

　　○ D. 後悔自己沒有教好兒孫，以致他們染上惡習。

2. 作者在文中指出

　　◯ A. 只要肯嘗試就一定成功。

　　◯ B. 只要肯去做就能學會做事。

　　◯ C. 只要把握現在，就能名成利就。

　　◯ D. 人生有很多變化，難以預先計劃。

3. 作者為什麼要引用《明日歌》？

　　◯ A. 因為這首歌悦耳動聽。

　　◯ B. 因為這首歌是和他同姓的人寫的。

　　◯ C. 因為這首歌能幫助他向讀者説明道理。

　　◯ D. 因為這首歌記述了一個虛度光陰的人的故事。

文言解讀力

以下句子中方框內的紅色字詞是什麼意思？

1. 孟子 輟然 中止，乃復進。（《孟母戒子》）

　　◯ A. 緩慢停止　　◯ B. 突然停止　　◯ C. 漸漸

2. 孟子輟然中止，乃 復 進。（《孟母戒子》）

　　◯ A. 重複　　◯ B. 繼續　　◯ C. 還原

3. 有所失 復 得。（《孟母戒子》）

　　◯ A. 又　　◯ B. 還　　◯ C. 仍然

4. 人不學，不知道。（《誨學》）
　　○ A. 路途　　　　○ B. 道理　　　　○ C. 道德

5. 則捨君子而為小人，可不念哉？（《誨學》）
　　○ A. 丟棄　　　　○ B. 捨得　　　　○ C. 放棄

6. 則捨君子而為小人，可不念哉？（《誨學》）
　　○ A. 啊　　　　　○ B. 嗎　　　　　○ C. 呢

7. 多誦古人篇章，使學為詩。（《畫荻》）
　　○ A. 為了　　　　○ B. 作　　　　　○ C. 由於

8. 抄錄未畢，而已能誦其書。（《畫荻》）
　　○ A. 你的　　　　○ B. 他的　　　　○ C. 那些

9. 白問故，曰：「欲作針。」（《鐵杵磨針》）
　　○ A. 目的　　　　○ B. 原因　　　　○ C. 故事

10. 白問故，曰：「欲作針。」（《鐵杵磨針》）
　　○ A. 求取　　　　○ B. 貪圖　　　　○ C. 想要

11. 白大為感動，遂還讀卒業。（《鐵杵磨針》）
　　○ A. 於是　　　　○ B. 就　　　　　○ C. 竟然

12. 卒成名士。（《鐵杵磨針》）
　　○ A. 士兵　　　　○ B. 終於　　　　○ C. 完成

13. 做一事，輒曰：「且待明日。」（《要做則做》）
　　◯ A. 永遠　　　◯ B. 不但　　　◯ C. 總是

14. 朝看水東流，暮看日西墜。（《要做則做》）
　　◯ A. 早上　　　◯ B. 中午　　　◯ C. 黃昏

自我評估

　　這次任務順利完成，大家解讀文言文的能力增強了嗎？能學到古人的智慧嗎？試給自己評分，把星星塗滿。（3 顆＝能夠掌握；2 顆＝初步掌握；1 顆＝仍需努力）

1 我懂得「復」的不同意義。───────────── ☆ ☆ ☆

2 我明白「失」和「引」的古今義。──────── ☆ ☆ ☆

3 我知道「哉」能表示疑問和反問的語氣。──── ☆ ☆ ☆

4 我懂得「以」的不同意義。───────────── ☆ ☆ ☆

5 我明白「遂」的意義。─────────────── ☆ ☆ ☆

6 我懂得「卒」的不同意義。───────────── ☆ ☆ ☆

7 我知道「解」是多音字，不同讀音代表不同意思。── ☆ ☆ ☆

8 我明白「輒」的意義。─────────────── ☆ ☆ ☆

9 我明白學習要專心致志，才能學有所成。─── ☆ ☆ ☆

10 我明白我們要善用身邊的資源去學習。───── ☆ ☆ ☆

11 我會樂於聆聽長輩的人生經驗。──────── ☆ ☆ ☆

12 我會改善做事拖延的壞習慣。───────── ☆ ☆ ☆

我的感想

經過十二個任務後，趣趣博士、文文和言言有什麼感想呢？

感謝科學家叔叔給我這麼神奇的法寶，還要多謝文文和言言的幫助，我們成功破解了十二個任務，使我對中華文化的瑰寶──文言文有了更深的認識！接下來我還有三十八個任務，希望我的好友能繼續陪我完成所有任務！

我平日愛幻想，常被爸媽取笑我愛想些渺無邊際的東西，想不到我竟然有機會用時光機穿梭古今！如果我把見聞告訴爸媽和其他同學，他們一定覺得不可思議，甚至以為我在說夢話！其實古代的人同樣擁有豐富奇異的想像，看過《口鼻眼眉爭辯》就會明白！

這次有機會參與破解古文任務的旅程，衷心感謝趣趣博士的邀請！有了法寶的幫助，不但加深了對文言文的認識、學懂解讀文言文的方法，更明白到古代人的生活狀況和想法，拓闊了我的視野。我很期待繼續參與未來的任務！

完成這十二個任務後，你對哪幾篇文言文的印象特別深刻呢？試把感想記下來。

① 選一位你喜愛的角色，然後簡述原因。

② 選一段你喜愛的情節，然後簡述原因。

③ 假如你是這本書十二篇文言文裏的一個角色，你會是誰？你會做些什麼？有什麼想法？

④ 試在這本書十二篇文言文裏面選出一句發人深省的格言，然後設計成書籤或勉勵卡。

解讀文言七種法寶詳細用法

法寶	功用
★ 保留噴霧 （保留法）	凡古代和現代意義相同的字詞，或是古代的人名、地名、書名、官職、年號、度量衡單位等，都予以保留。
★ 擴詞器 （擴詞法）	古代以單音詞為主，把單音詞擴展為雙音詞，就會更易明白。
★ 替換槍 （替換法）	可用於理解一詞多義、通假字、古今義、詞類活用、修辭等。 • 選出適當的義項，幫助正確理解。 • 用本字替換通假字，例如用「返」代「反」。 • 替換古今詞義發生變化的詞，例如「嬰兒」古代指「小孩」，理解時按古義才能正確讀通。 • 古代有詞類活用的現象，要按上下文找出合適的詞類，才能正確理解。 • 古代常用借代等修辭手法，例如「黃髮、垂髫」指老人和小孩，閱讀時加以注意才能正確理解。 • 以今詞語替換古詞語，例如用「豬」代替古字「彘」。
音義魔箭 （音義法）	針對一字多音，選出適當的義項，幫助正確理解。
增補黏土 （增補法）	文言文語言簡潔，常有省略（包括主語、謂語、賓語等），要找出省略的成分才能準確理解上下文。
刪減斧 （刪減法）	有些文言虛詞在句子中只擔起語法的作用，可以不譯，解讀時可以減去。
調整尺 （調整法）	古代有些句子語序和現代不同，包括「倒裝句」、「互文見義」等，理解時要加以調整。

★ 為本冊使用的法寶。

本冊各篇章文言重點

主題	篇名	作者／出處	保留噴霧 （保留法）	擴詞器 （擴詞法）	替換槍 （替換法）	文言知識
誠信不貪	不貪為寶	《左傳》		●	●	• 文言人稱代詞
	曾子殺豬	韓非子		●	●	• 一詞多義： 　之、適、待 • 通假字：女、 　反、知 • 古今義：嬰兒
	勉諭兒輩	周怡		●	●	• 一詞多義：圖 • 工整的句式
奇聞趣談	揠苗助長	孟子	●	●	●	• 文言虛詞： 　者、矣 • 古今義：病
	楊布打狗	列子	●	●	●	• 詞類活用： 　衣、雨
	口鼻眼眉 爭辯	王讜 《唐語林》	●	●	●	• 疑問詞：何
	名落孫山	范公 《過庭錄》	●	●	●	• 語氣詞：也 • 一字多音：解

主題	篇名	作者／出處	保留噴霧 （保留法）	擴詞器 （擴詞法）	替換槍 （替換法）	文言知識
珍惜少年時	孟母戒子	韓嬰 《韓詩外傳》	●	●	●	• **一詞多義**：復 • **古今義**：失、 　引
	誨學	歐陽修		●	●	• **一詞多義**：因 • **語氣助詞**：哉
	畫荻	《歐陽公 事跡》		●	●	• **一詞多義**：以 • **文言虛詞**：惟
	鐵杵磨針	陳仁錫 《史品赤函》		●	●	• **古今義**：棄 • **副詞**：遂 • **一詞多義**：卒
	要做則做	錢泳 《履園叢話》		●	●	• **副詞**：輒 • **疑問語氣詞**： 　耶

參考答案

《不貪為寶》文言要識（第20頁）

1. 我　　2. 我　　3. 爾　　4. 你　　5. 之、其

6. 它（寶玉）、各自的／他的

《曾子殺豬》文言要識（第28-29頁）

1. B、C　　2. D

任務總結一（第40-42頁）

內容理解力

《不貪為寶》

1. D　　2. D　　3. 名利；品行

《曾子殺豬》

1. B　　2. C

《勉諭兒輩》

1. C　　2. C

文言解讀力

1. B　　2. A　　3. B　　4. C

《名落孫山》文言要識（第69頁）

「子亦猶是也」的「也」字可譯成「啊」，全句意思是：「你也會
這樣做的啊。」

任務總結二（第72-76頁）

內容理解力

《揠苗助長》

1. A　　2. B　　3. C

《楊布打狗》

1. C　　2. D　　3. D

《口鼻眼眉爭辯》

1. C　　2. A　　3. D

《名落孫山》

1. D　　2. B　　3. C

文言解讀力

1. B　　2. C　　3. C　　4. B　　5. A

6. B　　7. A　　8. C　　9. B

《孟母戒子》文言要識（第83頁）

「孟子不復諠矣」一句中的「復」是「再」的意思。全句意思是「孟子不再遺忘書中的內容了」。

任務總結三（第114-120頁）

內容理解力

《孟母戒子》

1. C　　2. C　　3. B　　4. D

《誨學》

1. C　　2. D　　3. A　　4. D

《畫荻》

1. A　　2. C　　3. B

《鐵杵磨針》

1. A　　2. B　　3. C

《要做則做》

1. B　　2. B　　3. C

文言解讀力

1. B　　2. B　　3. A　　4. B　　5. C

6. B　　7. B　　8. C　　9. B　　10. C

11. A　　12. B　　13. C　　14. C

小學文言文解讀策略　初階篇

作　　者：梁美玉
插　　圖：卡　拿
責任編輯：陳友娣
美術設計：劉麗萍
出　　版：新雅文化事業有限公司
　　　　　香港英皇道499號北角工業大廈18樓
　　　　　電話：（852）2138 7998
　　　　　傳真：（852）2597 4003
　　　　　網址：http://www.sunya.com.hk
　　　　　電郵：marketing@sunya.com.hk
發　　行：香港聯合書刊物流有限公司
　　　　　香港荃灣德士古道220-248號荃灣工業中心16樓
　　　　　電話：（852）2150 2100
　　　　　傳真：（852）2407 3062
　　　　　電郵：info@suplogistics.com.hk
印　　刷：中華商務彩色印刷有限公司
　　　　　香港新界大埔汀麗路36號
版　　次：二〇二一年七月初版
　　　　　二〇二四年一月第三次印刷

ISBN: 978-962-08-7819-0
© 2021 Sun Ya Publications (HK) Ltd.
18/F, North Point Industrial Building, 499 King's Road, Hong Kong
Published in Hong Kong SAR, China
Printed in China